今宵の開花

小川まゆみ詩集

七月堂

表紙絵　宙あやこ

目次

I

今宵の開花

芸術のインスピレーションは喪失であり
喪失は人を謙虚にさせる。――ビル・ヴィオラ

I

滴る涙

涙が滴り落ちた先は
ざわめく砂浜
涙と砂浜が醸し出す
融合は偶然の成す技

今にも落下しそうな
涙は　ほほで弧を描き
柔肌から離れた途端に
滴と化し宙を突き抜ける

まつ毛を潤ませる涙は
その者の目を更に印象付ける
涙を拭う事さえ
忘れている

涙の原因
その者の視線の先に
あるものと言えば
未来であった

その者が涙するに至った
未来とは何を意味するのか
歓喜か苦悩か
他者には覗けない

必ずしもピアノレッスンは必要ではない

朝の散歩に出かける
浜辺に置かれている梱包物
私が梱包をほどいてしまったばかりに
宇宙の内側に居たはずの私達は
宇宙の外側に放り出された

収められていたピアノ
不協和音の
一音一音は波と
ぶつかることにより

更に浮遊感を増す

私は頭痛を覚える
デ・キリコが描く
汽車に乗り家路につく
直筆の痛み止めなんて
あっただろうかと思いながらも
効果がありそうだと思い
私は薬箱の中を探す

囁きと轟音

囁きのような極彩色の
ベッドに横たわり
レム睡眠とノンレム睡眠の
波に支配される時間は
どんな時間だろう
記憶との関係で言うと
忘れ去られた色彩

轟音のような
モノトーンの目覚め

起き上がるには
球体関節の痛みを
じわりじわりと
取る必要がある
五感に支配される時間は
どんな時間だろう
記憶との関係で言うと
インプットすべき色彩

シュルレアリストの詩
無意識が現れたもの
それを目前にして
これ以上　何をすべきかと
途方に暮れる日も

時にはあるものだと
なだめてみる

しなやかな

いったい猫はどこ
テレビの後ろに
私の背後に
どこかの小説の中に
難解な映像の中に

猫はしなやかに溶け込む
動かない物達に囲まれ
居たい所に居る
見つけた時の安堵感
ゴロゴロと振動する喉に触れる
体毛を一本一本数え撫でる
お腹の上に乗せる

するりとすり抜けていく猫
いったい何処へ行くの

欠如

欠けたナイフの行き先
輝く草原に花はない
標高四千メートル
ファンヒーターが止まる
薄っぺらな空気

ギリシャ彫刻
三毛猫の性別
出現しないＤＮＡ情報
大気の重み

螺旋状の歴史
通貨の価値
存在の疑問
認識の恐怖

これら
不完全さを内包する
旺盛な想像力にて
賛美されるべきもの

軽さと重さを行ったり来たり

言葉だけが頭の中でちゃぷちゃぷ
内容　意味　思想　認識　――
言葉の連結はほぐれてしまい
蒸発したみたい
沸点が低いみたい
気体になったみたい

言葉だけが頭の中でちゃぷちゃぷ
内容　意味　思想　認識　――
拡散して薄くなったみたい

薄くなると軽いみたい
軽いって悪いことじゃないみたい
心が軽くなるみたい

言葉だけが頭の中でちゃぷちゃぷ
内容　意味　思想　認識　――
言葉が偶然に連結してしまい
結晶化したみたい
個体になったみたい
重いって悪いことじゃないみたい

ちゃぷちゃぷしてた言葉
連結して重くなって

内容　意味　思想　認識　——
言葉がちゃぷちゃぷしなくなったみたい

希釈された安全な毒

慌てふためく前に準備しな
そんな声に　うながされて
希釈された安全な毒を
香水変わりに体に浴びせ
スニーカーを履けば　準備万端
あてのない　お出かけさ

どこに行くのかって？
今更…
言っておいたじゃない

積み木のレトルト食品
私には
コンセプチュアル・アートは無理だって
その点　オノ・ヨーコは偉大だよ
グレープフルーツが何だって　お構いなし
空を愛する　私だって空を愛している
芝生に横になって
飛蚊症と戦いながら空を見る
馬が走るまでの30分間
寝かせておくれ

希釈された安全な毒は
ガイガーカウンターでは測定不能
鳴りっぱなしのガイガーカウンターを

聞いた事があるかい？
私はあるよ
何の自慢にもなりゃしない

嗚呼　今朝も　寝起きの
歯を食いしばった夫の
多くを語らない夫の
おちゃらける夫の

何を察すればいいのか

みんなみんなみんなみんなみ…

気付いているのかい？

けたたましく

けたたましい音で
強制的に手に取るはめになる
携帯電話
壮快ないたずら電話
壮快で軽やかないたずら電話

けたたましい味で
強制的に涙するはめになる
トウガラシ

壮快なトウガラシ
壮快で鮮やかなトウガラシ

けたたましい香りで
強制的にツンとくるはめになる
カルダモン
壮快なカルダモン
壮快でエキゾチックなカルダモン

けたたましい舌で
強制的に舐められるはめになる
猫

壮快な猫
壮快で疾走する猫

見よ
軽やかで
鮮やかで
エキゾチックで
疾走する
ものたち

移動

Ａ点からＢ点へ
車両を移動する

Ｂ点にて
柔らかさを失いかけ
固さを含みかけた風が
胸元を刺す
傷口は身震いする

Ｂ点からＢ′点へ

車両を移動する

B´点にて
葉緑素をたっぷりと
内に含んだ木々
わずかに落下した
水の音が心地いい

B´点からA点へ
車両を移動する

A点にて
車両から抜け　地に足を着ける
窮屈さからの開放

幾ばくかの安らぎを与えられ
延長無しの今日の後半戦に挑む

A点の屋上にて
待ち兼ねていたような青空
次第に台頭してきた輝き
去勢された炎のような振る舞い
つかの間の輝き

目を合わす事のできない太陽
太陽は裏切らない
明日も祈りと共に
光の恵みを贈与してくれる

風景

その小窓の外の風景に目を向けた
その小窓の外の風景は切り取られていた
その小窓の外の風景に対して額縁を認めた
その小窓の外の風景をコーヒーを飲みながら観賞した
その小窓の外の風景と家の中は分断されている

その小窓の外の風景に触れてもガラスが冷たいだけ

扉

庭に出る
土蔵に這う蔦
蔦に絡まる男
死をまとった男が動き
辺りに美を放つ

扉を開く
路上に咲く貴婦人
貴婦人の厚化粧
紅が滴り落ち

鳩と同化する

一本の直線
石灰で描かれた
過剰な直線
直線は問いかける
存在するのかと

石灰の物質感
風に舞い宙へ

海綿

私は事象に五感にて触れる

私は海から来た海綿
乾ききった硬質な海綿

私である海綿は
事象を吸い込み
柔らかさを取り戻す

私である海綿は

私の手により絞られる
柔らかさは
保たれたまま

私である海綿は
私のフィルターであり
押し出されたものは
事象を概念化したもの

私は事象に五感にて触れる
私である海綿は
事象を吸い込み絞り
柔らかなまま
概念化する

変化

暗雲が鋭いエッジで
青空を切り裂き
空一面が灰と化す

またたく間に空からは
大粒の水の塊が
空気をかき分け
地面を変形させる

水たまりには無数の輪

広がる輪はぶつかり合い
お互い入り乱れながら
低い方へ流れていく

流れが弱まる頃
空はめまぐるしく変化している
うねる雲　無限の空

振り向けば　虹
虹は森から立ち昇り
森に身をひそめる

かりそめの景色だったのか
もう　跡形もなく　虹はない

虹を探そうと森に分け入ろうと
思案する私である

砂浜

有機体に満ち溢れているのに
荒涼とした味を覚える
過剰な砂浜
砕けた白波は強風のしわざ
風が存在を知らしめるかのように
砂が無数の線となり砂浜を埋め尽くす

砂浜に立つことは
必然なのか
偶然なのか

意志なのか

意志により必然の道を辿り
必然は偶然を内包する

自然の摂理への渇望から
この砂浜に立ったのかもしれない

自分の意志で砂浜に立つ
わたくしは自然に驚愕した
必然に内包された偶然を
ささやかながらも　強く
無意識かもしれないが
渇望しているのか　偶然をも

過剰な砂浜は
思考までも過剰にさせるのかと
自分である　わたくしが
考察したところで
引き寄せる波に
もろくも　かき消される

表現

あの目を見てごらんなさい
衝動に駆られている
誰とは申しません
あなたたちかもしれない
特定不可能

表現者となった目

込められた何か

何とは申しません
遥か彼方に居る
眼前に居る表す者

特定不可能

まさにそうなのです
まさに表現者のそれ
全身で行われる
全身で受ける

目で一瞬のうちに了解

了解いたしました

観る者と表現者の大きな距離
観る者と表現者の密接な距離
距離は二の次なのです

あの目が見えますか？

全て了解したうえ
それは逸脱しています
素晴らしい逸脱こそ表現
飢えているのです

あの目を見てごらんなさい！

剥き出しの表現

これほど甘美な出来事
在りえるということ
それは事件なのです

ＩＫＢ

文字をしたためる時
思わずため息が出る
感嘆のため息
消衰のため息
どれも深い息
色が違う息たち

私の口からこぼれる息は
一体　どんな色だろう
嫌いな色などないから

どんな色でも構わない
受け止めてみせる
迷いは　無くなりつつある

インターナショナル・クライン・ブルー
あるいは　ＩＫＢとも呼ばれる　青
ＩＫＢには　白　これは揺るぎない
ＩＫＢのマチエールは　マットに限る

文字をしたためる時
思わず深い息が出る
私の口からＩＫＢがこぼれる時
そんな時は訪れるのだろうか
マットな仕上がりの息は

無限を察知できるはず

軽はずみに無限なんて
言っていいはずはない
けれども　夢を託すこと
それは私にも許されるはず
無限の境地に至る思慮深さ

そんな境地に至れば
私の口からＩＫＢがこぼれることだろう
ＩＫＢの色をした私の息は
この世も　あの世も　境界のない
中心もなければ　周辺もない
輪郭は滲み　消えて行く

なんたる深淵！

Ⅱ

はじまりの14才

絵画の一例（ベラスケス）
王と王妃になる
複雑な視線の交差が生み出す
捕らえきれない空間に身を置く

絵画の一例（フェルメール）
カメラを覗いたように思える
何気ない日常のはずが
静謐な空気を帯びる

絵画の一例（マレービッチ）

躍動感を覚える
最小限の色彩と構成要素
段々と見えてくる

ブラウン管テレビの
栄枯盛衰
私を様々な快楽へと
道案内してくれた

あの人（ナム・ジュン・パイク）

普遍性と一過性が混在する
この世界を垣間見る術
それを教えてくれた

声

わたしの声があなたに届くか
わたしは問う
あなたも問う

ヘリコプターの音
倒れたあなたたちは
手を延ばす

あなたたちは　置きざり

わたしたちは　涙する
涙は　届かない
涙は　蒸発する

あなたたちもわたしたちも
分解する

わたしたちもあなたたちも
混ぜこぜ

いずれ
そうなる
わたしたちもあなたたちも
そうなる

※二〇一二年一一月一八日
東京芸術劇場　プレイハウス
舞台『光のない。』
エルフリーデ・イェリネク作（ノーベル賞作家、戯曲家）
「地点」（京都を拠点とする劇団）
東日本大震災へのレクイエム
この作品を観て感銘を受けたので
私なりに詩を書きました。

共鳴

サワサワとゆったり
流れる河のほとり
目を閉じ姿勢を正し
瞑想を試みる
心臓はトクトクとリズムを刻む

トクトクとかすかに
上流から聞こえて来た音
近付くにつれ音は大きくなり
私の心臓の音と共鳴する
葉の上に乗った私の心臓は

ドップラー効果と共に去って行った

それにも関わらず瞑想を続ける
何事をも認知しながら
何事にも捕らわれない心
そんな心でありたいと
夢想した今宵の開花

音もたてず　闇夜で密かに
ほぐれた花びらの芳香の行方は
拡散する運命を言い渡され
サワサワと揺れる
木々の喝采は
河の水音と共鳴した

空気

私はつぶやくように話す
わずかに空気を振動させる
相手の目を見ながら
時に目をそらしながら
言葉を発する

私の声は1秒先に居る人には
届かないだろう
閃光の後の
雷鳴の間を数えた

子供の私は見つかるだろうか

私はつぶやくように話す
わずかに空気を振動させる
空気の重さを感じる時
夜空を見上げ
数々の過去が
ちりばめられた光の粒立ち

つぶやきは静けさの中で
その微細な力を発揮する
私はつぶやくように話す
わずかに空気を振動させながら
日々つぶやく

小さな扉

どんな噂をたてられようが
雨は　お構いなし
降る時は降る
降らない時は降らない

誰ともひっつきたがる酸素は
水素に恋をし　焦がれて
この地球を覆っているのか
酸素と水素の出会いは恋物語

焦燥感と言われれば
私はそれを否定できない
むしろ肯定するかもしれない
この世にもっと秩序があれば
水の恋物語のように

しかしながら出会ってしまった
私はあなたと出会ってしまった
これは幸福なのか不幸なのか
思っただけで気が遠のく

快楽に邁進できない弱さ
不幸だと言えない見栄
怖いと言えない小さな口

孤独だと叫べない閉じた扉

どんな噂をたてられようが
雨は　お構いなし
降る時は降る
降らない時は降らない

あんな噂をたてられたら
私は　動揺する
怒る時は怒る
おびえる時はおびえる

小さな小さな小さな
私の閉じた扉からは

孤独だと叫べない
魂の合戦が常にある

戦争は終わっていない

じいちゃん戦争に行った
ただの農民だったのに
軍服を着せられた
私には
じいちゃんに何があったかわからない
わかっている事と言えば
セレベス海にて戦死
享年27歳
有名な人はカリスマになる

無名なじいちゃんは
なににもならない

誰かが遺影を見て言った
「軍人なのに勲章がないね」
沈黙

遺影
家族の中で私はじいちゃんに
一番顔が似ている

じいちゃん戦争に行った
2人の子供に
とうちゃんと呼ばれることもなく

海に船と共に沈んだ

ひいばあちゃんは
じいちゃんが帰って来ると言っていた

ひいばあちゃん寝たきりになった
ごめんなさい
名前を呼ばれても行かなくて
返事はした
「後で行くね」
後はなかった

理由はあった
やさしい　ひいばあちゃんだったのに

病気になった　ひいばあちゃんが
怖かった

ひいばあちゃんのお葬式の夜
夢を見た
みんなが箸でひいばあちゃんの骨を取り
ほおばった
「おいしいから食べてみなよ」と言われた
私は食べられなかった
泣きながら起きた

じいちゃん帰って来なかった
じいちゃんのこと何と呼んだらいいのか
わからなかった

みんなはじいちゃんを「兵隊」と呼んだ

ただの農民だったのに
軍服を着せられた　じいちゃん
ほかに呼び方がなかった
「兵隊」と呼ぶしかなかった

じいちゃん　ひいばあちゃん
もう
ごめんなさいが届かないみんな
みんなが居たから
今　私は歩んでいる
ずっと先の事だけど
再会の時は

笑顔で迎えて欲しい
私は笑顔を見せられるように
生きていくから

貝殻の記憶

貝殻を耳に当てると
遠く　波の音が聞こえる
貝殻にたくさんの
波の音が記憶されてるから

貝殻を耳に当てると
記憶を共にできる

貝殻が聞いて来た音

海水浴ではしゃぐ人々
浜辺で犬の散歩をする婦人
喪失感に耐えかねて
海原に向かって叫ぶ者
月夜にウミガメが穴を掘り
卵を産み落とす音

昔は貝だったが
今は貝殻になった

貝殻は有機体を
その頑丈な体で守って来た
有機体を失くし
無機物になった貝殻

貝殻を耳に当てると
過去からの音が聞こえる

貝殻は　いずれ
粉々になって
記憶のかけらの
集積となり
砂浜を形作る

わからないことだらけ

痛みを経験した者は
痛みを遠ざけようとする
痛みは見えない
個人的な経験

理解は求めていない
ただ　おもんぱかる事が
可能なのか知りたい

みんな　みんな

いっぱい　いっぱい
固く固くなってしまう
ほどけない

ほどくには
どうしたら
いいのだろう
おこがましい考え

沈黙しているようでも
爆発しそうな感情
を抱えつつ
生きている

私が罪深いのか
私の考えが甘いのか
私が自然の摂理に
反しているのか

わからない
わからない

生きている意味
死んでいく意味

わからない
わかっていたら
硬直なんてしていない

おびえてなんかいない
私は今
渦に巻き込まれている

お片づけ

私はしまい過ぎて失くしてしまう
大切なものほど奥へ奥へ
しまい込んでしまう

いざ必要な時が来ると
どこにしまったのかとオロオロする
探さなければ間に合わない

記憶のかけらを
ひとつひとつ確認していく

記憶にないから失くしているのに

物だったら片っ端から
バックのファスナーを開けると
ちゃっかりそこにあったりする

心の奥にしまい過ぎたことは
見つからなくてもいいのかもしれない
ある時みつかってしまったら
私はどうすればいいのだろう

失くしたことの大きさに気付いて
オロオロしてしまうに違いない
そのままにしておこう

しまい過ぎた労力は大変なもの
見つけなくてもいいんじゃないかな
キャパシティぎりぎりで
生きているようなものだもの

何に何処に何のために

皆　置き去りにされている
何に　何処に　何のために
答えられる者は
どこかに居るのだろうか

不幸は考え方次第で
幸福に変わるのだろうか
幸福は考え方次第で
不幸に変わるのだろうか

答えてくれるのだろうか
何のために　私のために
置き去りにされている
私のために
何処にいるか　わからない
あなたは
答えてくれるのだろうか
私のために

何に　何処に　何のために
私は置き去りにされているのか
皆　置き去りにされているのか

Ⅲ

青い光のもとで

満月に高層雲のメスが入った
よく見る光景だ
私は成り行きを見届ける
通り過ぎたメスの後
何事もなかったように
光々と輝く満月
ほっとした私は息を吐き出し
メスの行方を探したが
散り散りになった雲の残骸しかない

満月の青い光
月光浴を楽しむ
私の全身は青く染まる
満月の光は　一生懸命輝こうとする
星々の光を無きものにする
今宵はいつも見たいと思う恒星の
輝きまでもが奪われてしまった

人々が知っても知らずとも輝く月光
あまたの人々が虜となり
数えきれない程の詩が
息吹きを上げたことだろう
満月の元では隠しきれない

私の羞恥心は上弦の月に奪われ
奏でられているであろう
弦の震えに夢中になる
星々を数え 気が遠くなり
無限の上辺を伺ったような傲慢さ
恥ずべき傲慢さは　すぐに
私の身の丈を小さくする

身の丈が小さくなった私に
相変わらず降り注ぐ月光
月光の青に包まれた私は
かすかな音をたてながら
可憐さを帯び次第に花咲く
私を取り戻し胸を広げ

青の無限に身を任せる

あなたがすべきいくつかのこと

耽美派の教師になる
ロシア・アヴァンギャルドのためにレーニンの死を悼む
マレービッチの黄色い無限の彼方を目指す
フォンタナのようにキャンバスをナイフで裂き3次元にする
マン・レイのメトロノームの後ろにガムを置く
デュシャンの大ガラスのレプリカを割り遺作の覗き穴をふさぐ
バウハウスに通学する
IKBインターナショナル・クライン・ブルーで聖骸布をつくる
ナム・ジュン・パイクのブラウン管TVを守る
オノ・ヨーコのはさみで切られた服を縫う

ビル・ヴィオラの作品を最後まで鑑賞する
ささやかな絵の四隅をピンで止めインスタレーションをつくる

今宵の開花

二〇一七年九月九日　発行

著　者　小川　まゆみ　ogawa8237@gmail.com

表紙絵　宙　あやこ　ギャラリー色鉛筆 http://colorpencil.art.coocan.jp/
発行者　知念　明子
発行所　七　月　堂
〒一五六―〇〇四三　東京都世田谷区松原二―二六―六
電話　〇三―三三二五―五七一七
FAX　〇三―三三二五―五七三一
印　刷　タイヨー美術印刷
製　本　井関製本

Printed in Japan
ISBN 978-4-87944-290-1　C0092